Dieses Buch gehört
dem Drachenmeister:

____

____

DRACHEN MEISTER

DIE RETTUNG DES SONNENDRACHEN

VON

TRACEY WEST

ILLUSTRIERT VON

GRAHAM HOWELLS

DIE DRACHENMEISTER

Weitere Bücher

Inhaltsverzeichnis

FÜR MEINEN FREUND GEORGE,

der einen guten Lehrer für Drachenmeister abgeben würde.
– TW

Mein besonderer Dank gilt Damien Jones für seine Beiträge an diesem Buch.

DRAGON MASTERS 02 / SAVING THE SUN DRAGON

Published by Arrangement with SCHOLASTIC INC., 557 Broadway, New York, NY 10012 USA

"This book was negotiated through Literary Agency Thomas Schlück GmbH., 30827 Garbsen"
"Dieses Werk wurde vermittelt durch die Literarische Agentur Thomas Schlück GmbH., 30827 Garbsen"

www.adrian-verlag.de
ADRIAN VERLAG
Walter Unterweger
Kreuzstr. 21
13187 Berlin

Korrektorat deutsche Ausgabe: Anne-Marie Schikowsky
Satz deutsche Ausgabe: Julia Groier-Bleiweis
Übersetzung: Gerda Maria Pum

ISBN: 978-3-94718-835-2

Printed in EU 2018

KAPITEL 1

DRACHEN AM HIMMEL

Drake schützte seine Augen vor der Sonne. Er stand im Tal der Wolken hinter König Rolands Schloss. Bis vor kurzem war Drake noch nie in der Burg gewesen. Aber nun lebte er hier und er hatte eine wichtige Arbeit. Er war ein Drachenmeister – jemand, der vom Drachenstein ausgewählt worden war, um mit Drachen zu arbeiten.

Über ihm flogen drei Drachen in den strahlend blauen Himmel. Griffith, der Zauberer, der die jungen Drachenmeister unterrichtete, beobachtete, wie die Drachen das Fliegen übten.

Vulkan, ein großer, roter Feuerdrache, flog durch das Tal. Er schoss einen Feuerstoß in den Himmel. „Gut gemacht!“, rief seine Drachenmeisterin Rori. Ihre Haare waren so rot, wie Vulkans Flammen.

Shu, ein wunderschöner blauer Wasserdrache, hatte keine Flügel. Sie glitt durch die Luft und ritt im Wind. Bo, ihr Drachenmeister, beobachtete sie mit einem zufriedenen Lächeln auf seinem Gesicht.

Der beste Flieger war der gelb-weiße Sonnendrache Kepri. Sie wirbelte in der Luft herum. Dann strömte ein Regenbogen aus ihrem Mund. Man sah ihn am gesamten Himmel. Kepris Drachenmeisterin Ana tanzte auf der Wiese unter ihrem Drachen. Ihr langes, schwarzes Haar bewegte sich hin und her.

Drakes Drache, Wurm, war nicht wie die anderen Drachen. Er war ein Erddrache mit einem langen, braunen Körper. Er konnte nicht fliegen. Aber Drake hatte gerade gelernt, dass Wurm mit der Kraft seiner Gedanken Dinge bewegen konnte. *Was kann Wurm wohl noch alles machen?*, fragte sich Drake. Er wusste, dass er noch viel über seinen Drachen lernen musste.

„Es fühlt sich gut an, draußen zu sein. Findest du nicht auch, Wurm?", fragte Drake. Der grüne Drachenstein um Drakes Hals kribbelte ein wenig. Er lächelte.

Jeder der Drachenmeister trug ein Stück des Steins. Es half ihnen, sich mit ihren Drachen zu verbinden und sie zu trainieren.

Als der Stein glühte, wusste Drake, dass er und Wurm eine sehr starke Verbindung hatten. Drake konnte manchmal Wurms Stimme in seinem Kopf hören, wenn sie sich verbanden. Die Steine der anderen Drachenmeister hatten bis jetzt noch nicht geglüht.

Drake sah wieder hoch in den sonnigen Himmel. Kepris gesamter Körper glänzte im Licht.

Auf einmal begriff Drake. „Ja klar! Kepri hat Lichtkräfte, weil sie ein Sonnendrache ist, oder?“, fragte Drake die anderen Drachenmeister.

Rori schnaubte. „Ist doch logisch. Genauso, wie Feuerdrachen Feuerkräfte und Wasserdrachen Wasserkräfte haben.“

Rori kann freundlich sein, wenn sie mag, dachte Drake. *Aber meistens ist sie es nicht!* Sein Gesicht wurde rot. „Ich lerne noch“, sagte er. „Ich bin ja noch nicht so lange Drachenmeister wie du.“

Rori, Bo und Ana hatten bereits seit Wochen trainiert, als Drake zum Schloss kam. Er hatte immer noch das Gefühl, viel aufholen zu müssen.

Über ihnen schoss Vulkan vom Himmel herab und feuerte einen weiteren Strahl ab. Er bohrte sich direkt neben Griffith in den Boden und das Gras begann zu brennen. Der Zauberer sprang zur Seite.

„Vorsicht, Vulkan!“, rief Griffith. Er zeigte mit dem Finger auf das Feuer. Wasser schoss aus seiner Fingerspitze und die Flammen erloschen.

Drakes Augen wurden groß. Ich werde nie genug von Zauberei bekommen“, sagt er zu Bo, der neben ihm stand. Bo nickte.

Drake sah zu Wurm hinüber. Die Augen des Drachens leuchteten hellgrün.

Das ist seltsam, dachte Drake. Seine Augen glühen, wenn er seine Kräfte benutzt. Wofür könnte er gerade seine Kräfte benutzen?

Wurm starrte in den Himmel.

Drake folgte seinem Blick. Wurm beobachtete Kepri am Himmel. Ihre weißen Flügel hatten aufgehört zu schlagen. Wurm musste gespürt haben, dass sie in Schwierigkeiten war.

„Achtung! Kepri stürzt ab!“, schrie Drake.

KAPITEL 2

EIN KRANKER DRACHE

Ana sah nach oben und fing an zu schreien. Die anderen Drachenmeister blickten ebenfalls in den Himmel. Griffith zeigte mit dem Finger auf Kepri.

„Ich versuche, sie zu bremsen!“, schrie der Zauberer. Ein Blitz zischte aus seinem Finger. Aber noch bevor Griffith seine Magie benutzen konnte, schoss etwas Rotes über den Himmel.

Es war Vulkan, der schneller flog, als Drake ihn je zuvor gesehen hatte. Er stürzte sich auf Kepri und griff sie mit den Vorderkrallen.

„Ja, Vulkan!“, jubelte Rori. Vulkan flog in einem Kreis durch das Tal und wurde immer langsamer. Dann legte er Kepri sanft ins Gras.

Alle rannten zu Kepri. Die Augen des Drachen waren geschlossen. Sie atmete laut und schwer. Ana streichelte Kepris Kopf.

„Kepri, geht es dir gut?“, fragte sie mit zitternder Stimme.

Griffith beugte sich über Kepri. „Sie sieht nicht gut aus“, sagte er besorgt.

Ana wandte sich an den Zauberer. „Seit der Tunnel letzte Woche einbrach, ist sie irgendwie anders. Sie wird schnell müde. Und manchmal sehen ihre Augen trübe aus. Ich hätte etwas sagen sollen!“

Griffith legte seine Hand auf ihre Schulter. „Es ist nicht deine Schuld, Ana“, sagte er. „Aber bist du sicher, dass Kepri erst nach dieser Nacht im Tunnel krank geworden ist?“

Ana nickte langsam.
„Ja. Vorher ging es ihr gut.“

Drake, Bo und Rori sahen sich an. Eine Woche zuvor hatten sie alle versucht, sich mit ihren Drachen aus der Burg zu schleichen. Da König Roland die Drachen geheim halten wollte, musste das meiste Drachentraining unterirdisch stattfinden. Die Drachenmeister wollten nur nach draußen, um ein wenig am Nachthimmel zu fliegen.

Doch auf einmal war da diese glühende, rote Kugel im Tunnel, der ins Tal führte.

Der rote Lichtball erschreckte Vulkan.

Sein riesiger Körper knallte gegen die Tunnelwände und so brachte er die Höhle zum Einstürzen.

Sie waren gefangen. Aber Wurm benutzte seine Gedankenkräfte und half ihnen zu entkommen. Er zerbrach die großen Steine, die den Tunnel blockierten, nur mit seinen Gedanken. Wurm hatte sie alle gerettet. Aber seitdem stimmte etwas nicht mit Kepri. „Warum fragst du nach dem Einsturz, Griffith?“, fragte Bo.

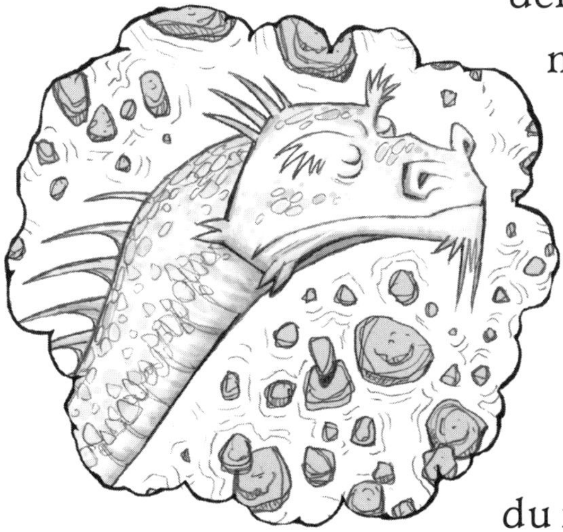

„Die rote Kugel beunruhigt mich“, antwortete Griffith. „Ein dunkler Zauberer hat sie gemacht, so wie ich es befürchtet hatte. Dunkle Magie kann Sonnendrachen krank machen.“

„Also ist Kepris Krankheit mit diesem seltsamen Ball verbunden?“, fragte Ana. „Und den anderen Drachen geht es gut, weil sie keine Sonnendrachen sind?“

„Ich denke schon“, sagte Griffith.

„Kennst du irgendwelche dunklen Zauberer?“, fragte Drake voller Sorge. „Keine Zeit für Geschichten“, antwortete Griffith.

Plötzlich rief Rori: „Seht doch! Kepri steht auf!“

Kepri hatte ihre Augen geöffnet und stand auf allen vier Beinen.

„Sie sieht stark genug aus, um zu den Drachenhöhlen zurückzukehren“, sagte Griffith. „Kommt mit.“

Er führte die Drachenmeister und ihre Drachen durch den Tunnel zurück. Der Tunnel führte zum großen unterirdischen Drachensaal. Dort hatte jeder Drache eine kleine Höhle.

Als sie dort ankamen, wartete schon ein großer Mann mit roten Haaren auf sie. Er trug ein Netzhemd mit einem goldenen Drachen darauf und eine Metallkrone auf dem Kopf. Zwei Wachen standen hinter ihm.

Griffith blieb stehen. „König Roland!", sagte er. „Was bringt Euch hier nach unten?"

Der König runzelte die Stirn. „Was habe ich da von einem kranken Drachen gehört?"

KÖNIG ROLANDS DROHUNG

Drake sah zu seinem Freund Bo hinüber. Er wusste, dass Bo dasselbe dachte wie er: *Woher wusste der König, dass einer der Drachen krank war?*

„Ich habe Spione im Tal der Wolken versteckt“, sagte der König, als hätte er ihre Gedanken gelesen. „Du hast diese Drachen fast entkommen lassen, Griffith. Ich möchte nur sicher gehen, dass sie bereit sind, wenn ich sie brauche.“

„Ich verstehe“, sagte Griffith.

Drake erinnerte sich daran, dass Griffith dem König nicht gesagt hatte, dass die Drachenmeister die Drachen hinausgeführt hatten, als der Tunnel eingestürzt war. Stattdessen sagte er, die Drachen hätten versucht zu entkommen. Griffith hatte gelogen, um die Drachenmeister zu schützen.

Griffith wollte uns nur beschützen, als er diese Lüge erzählte, dachte Drake. Aber jetzt ist der König auf ihn böse statt auf uns!

„Ich frage dich noch einmal, Griffith“, sagte der König. „Ist einer der Drachen krank?“

„Ja, Eure Majestät“, sagte Griffith. „Mit Kepri scheint etwas nicht in Ordnung zu sein.“

Alle Blicke wandten sich zu Kepri. Ihre Augen waren getrübt. Und ihr langer, graziöser Hals hing herab.

„Zuerst versuchen die Drachen zu fliehen und jetzt ist einer krank“, sagte König Roland. „Das betrübt mich sehr, Zauberer. Du solltest alles über Drachen wissen. Also heile sie!“

„Ich werde sofort nach einem Heilmittel suchen“, versprach Griffith.

„Du solltest es bald finden“, sagte König Roland, seine Augen waren auf den Zauberer gerichtet. „Denn wenn nicht, werde ich mir einen anderen Zauberer suchen.“

König Roland drehte sich um und stürmte aus den Höhlen. Seine Wachen folgten ihm. Drake wurde ganz übel. *Einen anderen Zauberer? Was würden wir ohne Griffith machen?*

„Was sollen wir jetzt tun?“, fragte Ana Griffith und streichelte Kepris Kopf. „Ich habe viele Bücher über Drachen“, antwortete der Zauberer. „Damit fangen wir an.“

„Du meinst, wir dürfen dir helfen?“, fragte Drake.

„Natürlich!“, sagte Griffith. „Bitte führt eure Drachen in ihre Höhlen. Danach treffen wir uns im Trainingsraum. Wir müssen schnell handeln, um Kepri zu retten!“

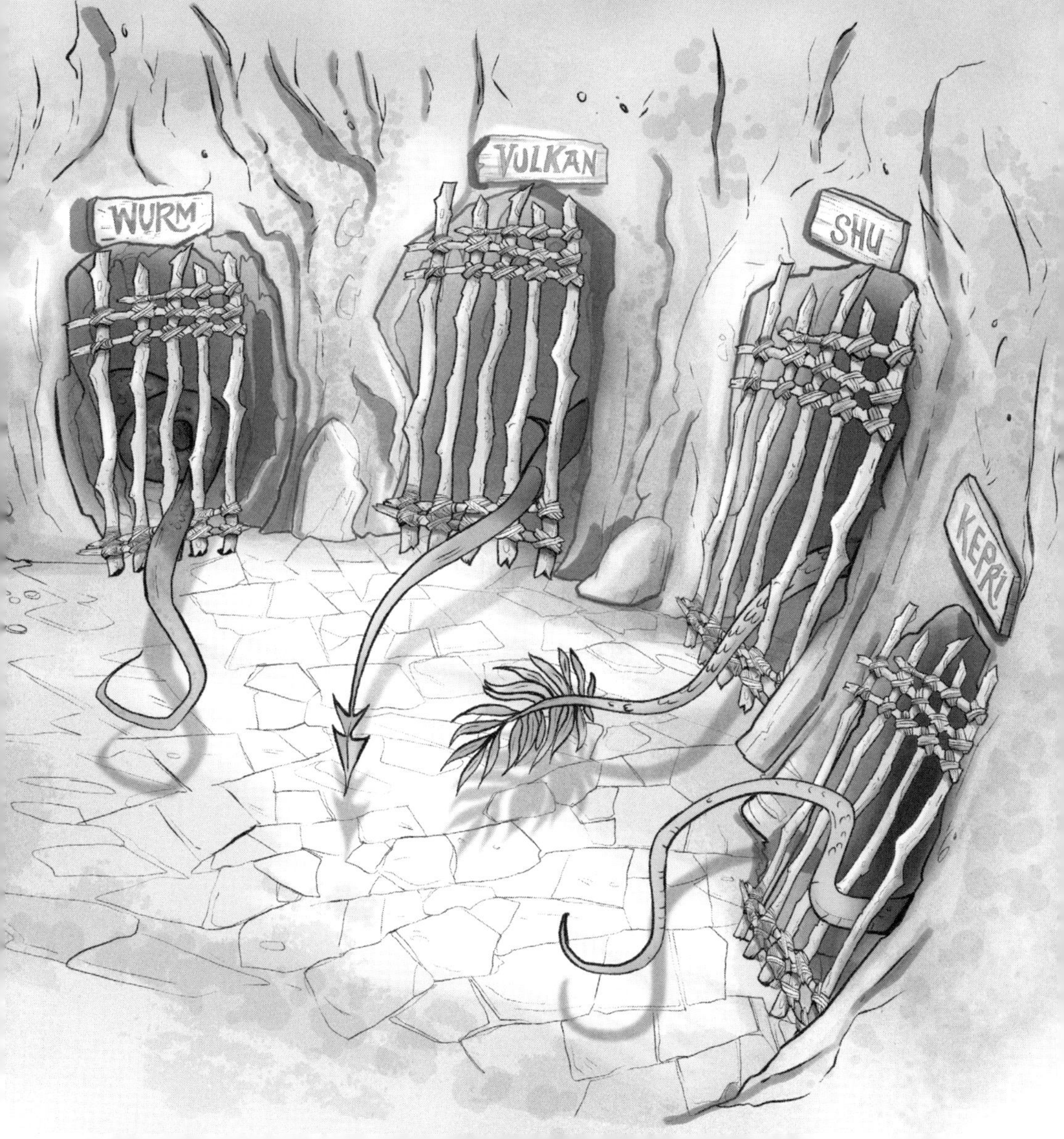

DER ZAUBERTRANK

Die Drachenmeister brachten ihre Drachen weg und gingen zum Trainingsraum. Der Bereich, in dem Griffith seinen Unterricht hielt, war wie eine Art Höhle.

An den meisten Tagen wollten alle lieber draußen im Tal der Wolken sein. Drake war gerne dort, weil es ihn an die Arbeit in den Zwiebelfeldern seiner Familie erinnerte. Aber heute beschwerte sich niemand darüber, drinnen zu bleiben. Alle wollten Kepri helfen.

Als sie das Klassenzimmer betraten, sahen sie einen riesigen Stapel Bücher auf dem Tisch.

„Jeder schnappt sich ein Buch“, sagte Griffith und zeigte auf die Bücher. „Ein dunkler Zauberer hat diese Kugel erschaffen. Also müssen wir ein Heilmittel für Sonnendrachen finden, die mit dunkler Magie in Kontakt gekommen sind. Los jetzt!“ Er blätterte bereits in *Alles über Sonnendrachen*. Drake nahm sich *101 Drachen* mit zu seinem Tisch. Im Raum war es still, man hörte nur das Geräusch vom Umblättern der Seiten. Drake las und las, konnte aber nichts finden. Niemand fand etwas.

Plötzlich hielt Rori *Drachenkunde* hoch. „Ich habe etwas gefunden!", rief sie. „Hört zu: Jeder Sonnendrache wird mit einem Monddrachenzwilling geboren. Diese Zwillinge können sich gegenseitig von fast allem heilen." „Ist das wahr? Hat Kepri einen Monddrachenzwilling?"

Griffith runzelte die Stirn. „Ich weiß es nicht. Und wenn sie einen Zwilling hat, lebt dieser wahrscheinlich sehr weit weg von hier. Ich sehe keinen Weg, den Monddrachen noch rechtzeitig zu finden."

Ana stand auf. „Mein Buch enthält einen Trank namens *Verschwinde Böses*", sagte sie. „Er heilt Geschöpfe, die durch dunkle Magie verletzt wurden."

Sie brachte das Buch zu Griffith. Seine Augen leuchteten auf.

„Der könnte helfen! Er ist nicht speziell für Sonnendrachen, daher bin ich mir nicht sicher, ob er funktionieren wird. Aber es ist einen Versuch wert“, sagte er. „Drake und Bo, lauft zu meiner Werkstatt. Bringt mir ein Glas Mondstrahlen und einen Sack Sonnenblumensamen. Schnell!“

Die Jungs rannten zu Griffiths Werkstatt. Die Werkstatt war voll mit Fläschchen und Gläsern. Sie waren mit seltsamen Pflanzen und Tränken gefüllt.

Drake ging zur linken Seite des Raumes, Bo zur rechten Seite. Drake nahm ein Glas mit lila Flüssigkeit darin.

„Lilientau“, las er laut vor. Er überprüfte noch ein paar andere – plötzlich sah er etwas auf dem obersten Regal glühen. Er stellte sich auf seine Zehenspitzen und griff danach.

Ein blasses, blaues Licht schimmerte in dem Glas. Drake las das Etikett.

„Mondstrahlen! Ich habe sie!“, rief er.

„Und ich habe die Samen“, sagte Bo. „Lass uns gehen!“

Als sie wieder ins Klassenzimmer kamen, rührte Rori eine Flüssigkeit in einem schwarzen Metalltopf um. Ana las laut aus ihrem Buch vor. Griffith klatschte in die Hände, als er die beiden Jungen sah.

„Das ging schnell! Jetzt lasst uns diesen Zaubertrank machen“, sagte Griffith. „Drake, leere alles in den Topf. Bo, füge bitte drei Samen hinzu.“

Drake öffnete vorsichtig den Glasdeckel. Die Mondstrahlen glitten heraus wie Wasser. Dann ließ Bo drei schwarze Samen in den Topf fallen.

„Rühr weiter, Rori“, sagte Griffith.

Rori rührte. Die Flüssigkeit wurde blau und begann zu leuchten. Ein sanftes Licht kam aus dem Topf. Griffith schöpfte etwas Flüssigkeit mit einer Kelle ab und füllte sie in ein sauberes Glas.

„Wird der Trank Kepri helfen können?“, fragte Bo.

„Es gibt nur einen Weg, das herauszufinden“, sagte Griffith.

Alle gingen zu Kepris Höhle. Ihre Augen waren geschlossen und ihre gelben Schuppen hatten ihren Glanz verloren.

Griffith reichte Ana das Glas. „Du bist ihre Drachenmeisterin. Sie wird auf dich hören. Sie muss das trinken“, sagte er.

Ana nickte. Sie ging zu Kepri. „Ich habe etwas für dich“, sagte sie leise.

Kepri öffnete ihre Augen. Sie lächelte, als sie Ana sah. „Wir haben etwas für dich gekocht – um dich wieder gesund zu machen“, sagte Ana und hielt das Glas hoch.

Kepri öffnete ihr Maul. Ana schüttete langsam den Trank hinein.

„Es muss einfach funktionieren“, flüsterte sie.

Kapitel 5

Anas Geschichte

Die Drachenmeister drängten sich um Kepri. „Fühlst du dich besser?“, fragte Ana ihren Drachen. Aber Kepri schloss gerade wieder ihre Augen.

Bo sah Griffith an. „Müsste der Trank sofort wirken?“

„Ich weiß es nicht“, sagte Griffith. „Wir müssen abwarten. Ihr solltet alle zum Abendessen gehen, während ich bei Kepri bleibe.“

„Ich lasse sie nicht alleine“, sagte Ana bestimmt.

Griffith legte sanft seine Hand auf ihre Schulter. „Ana, du musst auf dich aufpassen“, sagte er. „Du musst für Kepri stark bleiben. Ich werde dich rufen lassen, sobald sich etwas ändert.“

Die Drachenmeister gingen aus der Höhle und ließen einen besorgten Zauberer und einen kranken Drachen zurück.

Oben im Speisesaal nahmen sich alle ihr Abendessen. Ana aß nur ein paar Bissen. Drake aß Karotten und Hühnchen – aber nur etwa halb so viel wie sonst üblich. Bo starrte nur auf seinen Teller. Selbst Rori war zur Abwechslung mal still.

Dann öffnete sich die Tür am Ende des Raumes. Einer der Soldaten des Königs kam herein.

„Haben Sie Neuigkeiten von Kepri?“, fragte Ana.

Der Soldat ging zu Drake, ohne ein Wort zu sagen. Er reichte ihm ein zusammengerolltes Stück Papier.

Drake öffnete es. „Es ist ein Brief von meiner Mutter!“

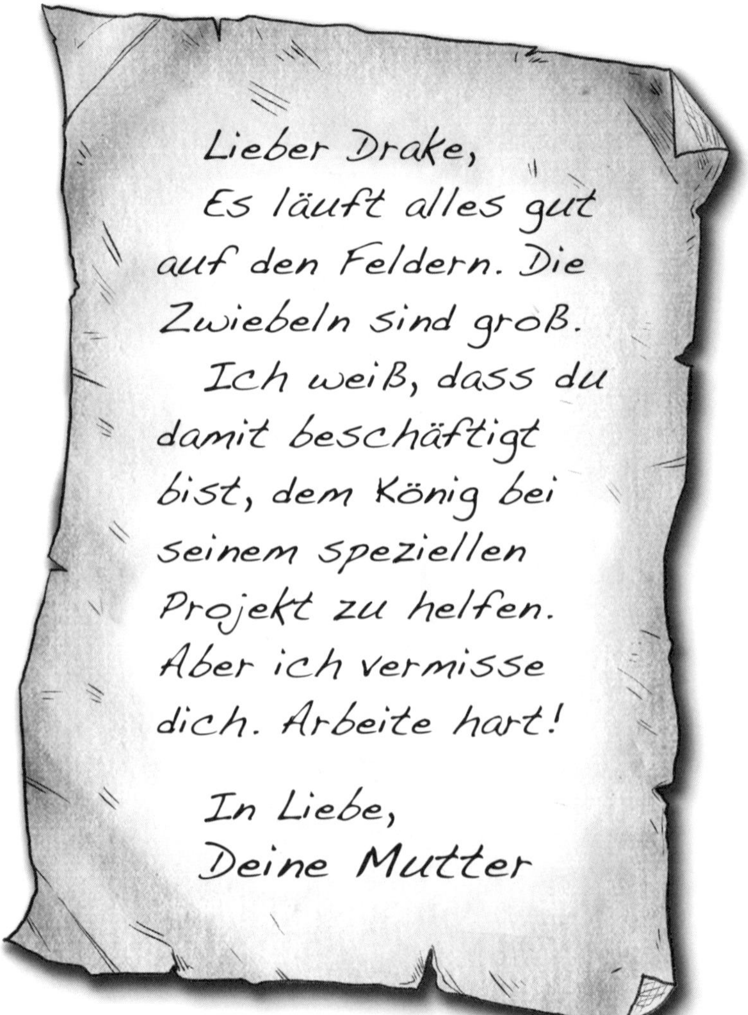

Drake spürte, wie sich seine Augen mit Tränen füllten. Er wusste, dass er wichtige Arbeit für den König leistete, aber er vermisste seine Mutter immer noch.

„Ich wünschte, ich könnte meiner Familie von den Drachen erzählen", sagte Drake.

„Sie müssen geheim bleiben", warnte ihn Rori.

„Ich wünschte, mein Vater würde mir öfter schreiben", sagte Ana. „Ich würde so gerne mehr von seinen Abenteuern hören."

„Was für Abenteuer?", fragte Bo.

„Mein Vater verkauft schöne Stoffe", sagte sie. „Er reist in ferne Länder und verkauft sie dort. Ich habe ihn oft begleitet. Wir lebten in der Nähe der Pyramiden."

„Was sind Pyramiden?", fragte Rori.

„Das sind die Gräber der Könige. Sie sind so geformt." Ana machte ein Dreieck mit ihren Händen. „Die Pyramiden sind größer als alles, was ihr je gesehen habt."

„Die Reisen deines Vaters klingen aufregend", sagte Drake.

„Das sind sie.“ Ana seufzte. „Aber sie sind auch gefährlich. Es gibt viele Räuber auf den Straßen. Sie bestehlen Menschen, die Waren verkaufen – auch uns. Und sie stehlen Gold und andere Schätze aus den Pyramiden.“ „Deshalb hatte mein Vater nichts dagegen, als die Männer von König Roland mich mitnahmen. Er wusste, dass ich anderswo sicherer wäre.“

Ana sah traurig aus. Bo war ganz still.

Ich denke, alle anderen haben genauso Heimweh wie ich, dachte Drake.

Nach dem Abendessen gingen Drake und Bo in ihr Zimmer. Drake kletterte ins Bett und schlief sofort ein. Er träumte von Flüssen und großen Gräbern in Form von Dreiecken. Dann wurde der Wüstenhimmel grün... hellgrün. Drake wachte auf.

Der grüne Drachenstein um seinen Hals leuchtete hell.

Wurm braucht mich!, dachte Drake.

Dann hörte er Wurms Stimme in seinem Kopf.

Komm schnell!

WURM RUFT

Drake sprang aus dem Bett. Er schüttelte Bo wach.

„Wurm braucht uns!“, rief Drake.

Mehr musste Bo nicht hören. Die Jungen rannten die Treppe hinunter zu dem Tor, das zum Trainingsraum führte. Drake versuchte es zu öffnen. „Es ist verschlossen!“, rief Drake.

„Gut, dass ich einen Schlüssel habe“, sagte eine Stimme.

Drake und Bo drehten sich um. Rori und Ana standen dort. Rori hielt einen Schlüssel hoch.

„Woher hast du den?“, fragte Drake.

„Ich habe ihn von einem der Burgwächter geklaut, als ich hier ankam“, sagte Rori. „Es ist ein Skelettschlüssel. Er öffnet alle Schlösser im Schloss.“

„Wir sind sofort losgerannt, als wir euer Gestampfe in der Halle gehört haben!“, fügte Ana hinzu. „Wir wussten sofort, dass etwas passiert sein muss.“

„Ich bin froh, dass ihr da seid. Aber jetzt beeil dich bitte!“, sagte Drake.

Rori öffnete die Tür. Als sie zu Kepris Höhle kamen, saß Wurm schon davor.

Wie ist Wurm aus seiner Höhle gekommen?, wunderte sich Drake.

„Wurm, was ist los?“, fragte er.

Wurm blickte zu Kepri. Das Tor zu ihrer Höhle war offen. Die Drachenmeister gingen hinein. Griffith schlief in der Ecke. Um ihn herum türmten sich Bücher auf.

Kepri schlief auch – aber sie sah kränker aus als zuvor. Ihre Schuppen sahen stumpf aus. Sie war dünn und blass. Sie atmete laut und schwer.

Die Drachenmeister erschraken.

„So krank war sie früher noch nicht“, sagte Rori. „Hat der Trank alles noch verschlimmert?“

„Vielleicht hat er einfach nicht geholfen“, sagte Bo.

„Wir müssen etwas unternehmen!“, schluchzte Ana.

Drake sah Wurm an.

„Können wir gar nichts tun?“, flüsterte Drake.

Wurms Körper begann zu leuchten. Drake war sich nicht sicher warum, aber er wusste genau, was zu tun war. Er legte eine Hand auf Wurms Schnauze und eine Hand auf Kepris Schwanz.

„Berührt alle Wurm! Sofort!“, rief er.

Erschrocken gehorchten seine Freunde. Sie legten alle ihre Hände auf Wurm.

Griffiths Augen öffneten sich.

„Was ist los?“, fragte der Zauberer. Aber bevor Drake antworten konnte, explodierte grünes Licht im Raum und blendete alle.

KAPITEL 7

WEIT ENTFERNTE LÄNDER

Drake fühlte sich eigenartig. Er konnte den Boden unter seinen Füßen nicht mehr spüren. Aber er fühlte, dass seine Hand immer noch auf Wurm lag. Ihm wurde übel.

Dann verblasste das grüne Licht. Drake blinzelte. Seine Füße landeten im Sand und er spürte kühle Luft in seinem Gesicht.

Wurm, Kepri und die Drachenmeister standen auf einem Pfad. Eine weiße Steinmauer säumte eine Seite des Weges. Auf der anderen Seite war ein großes, seltsam geformtes Bauwerk. Griffith war nicht bei ihnen.

Warum hast du uns hierher gebracht, Wurm?, fragte sich Drake.

Drake sah zu dem großen Bauwerk hoch. Jede der vier Seiten des Bauwerks hatte die Form eines Dreiecks. Das spitze Oberteil war mit glänzendem Gold bedeckt.

Anas Augen weiteten sich. „Eine Pyramide!“, rief sie. „Drake, was hast du getan? Wo sind wir?“, fragte Rori. Sie klang ängstlich.

Ana drehte sich zu ihr um. „Ich glaube, wir sind in meiner Heimat.“

„Aber wie ...“, begann Drake. Dann sah er Wurm an. Die grünen Augen des Drachen leuchteten. „Wurm muss seine Gedankenkräfte benutzt haben, um uns hierher zu bringen!“

„Das ist unmöglich!“, sagte Rori. „Drachen können nicht mit Gedankenkraft durch die halbe Welt reisen.“

„Schau dich um, Rori“, sagte Bo. „Es muss möglich sein. Wir sind nicht mehr im Königreich Bracken.“

„Aber warum hat Wurm Vulkan und Shu nicht mitgebracht?“, fragte Rori.

Drake dachte an Kepris Höhle. „Wir alle haben Wurm berührt. Und ich berührte auch Kepri. Die anderen Drachen waren in ihren Höhlen.“

„Und jetzt sind wir hier, in dem Land, in dem Kepri und ich geboren wurden“, sagte Ana.

„Wartet! Erinnert ihr euch daran, was ich in Griffiths Buch gelesen habe – über Sonnendrachenzwillinge?“, fragte Rori aufgeregt. „Es heißt, dass jeder Sonnendrache einen Monddrachenzwilling hat, der ihn heilen kann.“

„Also könnte Kepris Zwilling hier sein!“, sagte Bo.

„Denkst du, dass Wurm uns deshalb hierher gebracht hat?“, fragte Drake.

Plötzlich hörten sie laute Stimmen. Die Stimmen kamen von der anderen Seite der Steinmauer. Drake verstand ihre Sprache nicht.

Aber Ana tat es. „Oh nein! Räuber! Sie kommen bestimmt, um Schätze aus den Pyramiden zu stehlen. Sie dürfen uns nicht entdecken – oder unsere Drachen!“

„Aber wir können uns nirgends verstecken!“, sagte Bo.

In diesem Moment trat ein Junge aus dem Schatten. Er hatte goldbraune Haut und schwarze Haare wie Ana.

„Folgt mir!“, sagte er.

EIN EIGENARTIGER JUNGE

Rori trat näher an den Jungen heran. „Warum sollten wir dir folgen?“, fragte sie. „Wir kennen dich nicht!“

„Vertraut mir“, sagte der Junge, als die Stimmen der Räuber lauter wurden. „Ich bin überrascht, dass ihr Drachen habt. Ich weiß, wie ich sie beschützen kann. Kommt schon!“

„Wir müssen uns beeilen!“, sagte Ana.

Sie hatten keine Wahl. Der Junge deutete ihnen, ihm zu folgen. Er berührte die Pyramide. Ein großer Stein bewegte sich und gab eine Öffnung frei.

Eine geheime Tür!, dachte Drake.

„Schnell hier rein!“, sagte der Junge. „Die Drachen zuerst.“

Er trat zur Seite, um sie durchzulassen. Kepri war schwach, aber Wurm stupste sie sanft mit seiner Nase an. Sie gingen hinein. Als Drake an dem Jungen vorbeikam, sah er eine Schnur um dessen Hals. Etwas grün Funkelndes baumelte an der Schnur.

Ein Drachenstein!

Der Junge schlüpfte als Letzter hinein und die Geheimtür schloss sich. Sie waren in einem dunklen Tunnel. Brennende Fackeln säumten die Wände.

Drake wandte sich an den Jungen.

„Wer bist du? Bist du auch ein Drachenmeister?“ Er deutete auf den grünen Stein um den Hals des Jungen. Ana, Rori und Bo staunten, als sie ihn sahen.

Der Junge lächelte. „Mein Name ist Heru“, sagte er. „Ich weiß nicht, was ein Drachenmeister ist. Mein Vater hat mir diesen Stein gegeben.“

„König Roland nennt uns Drachenmeister", erklärte Drake. „Wir wurden vom Drachenstein auserwählt, um mit den Drachen zu arbeiten."

„Ich habe noch nie von König Roland gehört. Kommt ihr von weit her?", fragte Heru.

Bo nickte. „Von sehr weit her."

Heru runzelte die Stirn. „Wie merkwürdig. Kannst du mir sagen, warum Wati mich heute Nacht hierher gebracht hat?"

Ana streichelte Kepris Hals. Die Augen des Drachen wirkten heller, seit sie in der Pyramide war.

„Wer ist Wati?", fragte Drake.

Heru grinste. „Er ist mein Drache."

Inzwischen hatten sie den Tunnel verlassen. Sie kamen in einen dunklen Raum. Drake sah auf. Die Decke war so weit oben, dass er sie nicht erkennen konnte. Dann tauchte etwas aus der Dunkelheit auf. Ein riesiger, schwarzer Drache flog von der Decke herab. Seine Augen leuchteten hellgelb.

„Aaaiieeeee!“

Mit einem lauten Schrei stürmte der Drache direkt auf sie zu!

KEPRI UND WATI

„Runter, alle!“, schrie Drake. Die Drachenmeister duckten sich. Aber der Drache war nicht hinter ihnen her.

Er blieb direkt neben Kepri stehen. Der Drache schlug seine Flügel um sie und machte ein fröhliches, schnurrendes Geräusch.

„Es sieht so aus, als ob sie sich kennen“, sagte Drake und zeigte auf die beiden Drachen.

Wati streichelte mit einem seiner Flügel sanft über Kepris Rücken. Ihre Augen waren geschlossen und ihr Kopf hing herab. Wati hatte schwarze Schuppen, und Kepri hatte weiße Schuppen. Aber sonst hatten sie die gleichen anmutigen Körper und Flügel mit gelben Spitzen.

„Sie sehen sich sehr ähnlich“, sagte Bo.

„Ja, nur dass Kepri helle und Wati dunkle Schuppen hat“, fügte Drake hinzu. „Licht und Dunkelheit –“

„Wie die Sonne und der Mond!“, rief Rori. Ana war begeistert. „Das haben wir uns so gewünscht!“

Heru sah glücklich aus. „Wati ist ein Monddrache. Mein Vater hat mir beigebracht, dass alle Monddrachen einen Zwilling haben – einen Sonnendrachen“, sagte er. „Wati muss gewusst haben, dass Kepri heute Nacht zu dieser Pyramide kommen wird. Das erklärt, warum er plötzlich weggeflogen ist. Ich bin froh, dass ich ihm gefolgt bin.“

Drake fing an zu verstehen. „Kepri muss gewusst haben, dass Wati sie heilen kann“, sagte er. „Und sie muss Wurm von ihrem Zwilling erzählt haben. So konnte Wurm sie hierher bringen!“

„Ist Wurm ein Erddrache?“, fragte Heru. Drake nickte.

„Sie haben erstaunliche Kräfte“, sagte Heru.

„Wurm hat das Richtige getan, als er Kepri hierher gebracht hat.“

Rori klatsche mit Drake ab. Ana umarmte Wurm. „Danke, Wurm!“

Auf einmal blickte Bo nervös zu Kepri und Wati. „Achtung!“

Wati stand mit weit ausgebreiteten Flügeln auf seinen Hinterbeinen.

„Alle zurück, schnell!“, rief Heru.

Als Wati das Maul öffnete, wichen sie zur Seite. Ein Band aus dunklen Farben strömte heraus.

Es sieht fast wie ein Regenbogen aus, dachte Drake. *Nur, dass es blau und schwarz und lila ist.* Watis Regenbogenband wuchs und wuchs. Es wirbelte um Kepris Körper herum. Sie bewegte sich ein wenig, aber ihre Augen waren immer noch geschlossen.

Ana drückte Drakes Hand.

Das Licht des blau-violetten Regenbogens wurde stärker und leuchtete heller. Die Drachenmeister mussten ihre Augen schützen.

Dann ... Wumm! Licht wirbelte um sie herum.

KAPITEL 10

RÄUBER!

Das Licht begann zu verblassen. Drake blinzelte. Alle sahen zu Kepri. Ihre weißen Schuppen glänzten wieder. Ihre Augen waren offen und klar. Sie sah nicht mehr krank aus, nur ein bisschen müde.

„Kepri!“, rief Ana glücklich. Doch gerade als sie zu ihr laufen wollte …

Knacks! Sie hörten das Geräusch von brechendem Holz. Laute Stimmen ertönten aus dem Tunnel, der zu der versteckten Kammer führte.

„Die Räuber kommen!", rief Ana. „Wir müssen hier raus!" Rori ballte die Hände zu Fäusten. „Wir werden gegen sie kämpfen!", knurrte sie.

Kepri und Wati brüllten, als vier schwarz gekleidete Männer in die Kammer stürmten. Sie trugen Pfeil und Bogen, Speere und Keulen.

Als die Räuber die Drachen sahen, blieben sie mit weit aufgerissenen Augen stehen. Dann rief einer der Männer etwas zu den anderen. Die Männer erhoben ihre Waffen und zielten auf die Drachen.

„Sie wollen die Drachen fangen!“, warnte Ana.

Wati war sofort zum Angriff bereit. Er schoss einen schwarzen Lichtstrahl aus seinem Maul. Der Strahl traf den ersten Räuber in der Brust und warf ihn zu Boden.

Drakes Herz raste. Er stellte sich ganz nahe neben Wurm.

Dann trat der zweite Räuber vor. Er schoss einen Pfeil direkt auf Kepri.

„Nein!", rief Ana. Dann sprang sie in die Flugbahn des Pfeils!

KAPITEL 11

FLIEGEN

Drake beobachtete entsetzt, wie der Pfeil auf Ana zuflog. Er lief auf sie zu und hoffte, sie noch aus dem Weg schubsen zu können. Aber noch bevor er sie erreichen konnte, blieb der Pfeil mitten in der Luft stehen – ein paar Zentimeter vor Anas Gesicht.

Drake landete mit einem dumpfen Krachen auf dem Boden. Er stand auf und sah zu Wurm. Die grünen Augen des Drachen glühten. Drake wusste, was das bedeutete: Wurm hatte seine Gedankenkräfte benutzt, um den Pfeil zu stoppen.

Der Pfeil fiel auf den Boden. Und Wurm war noch lange nicht fertig! Als Nächstes flogen die Waffen aus den Händen der Räuber. Sie knallten gegen die Wand und zerbrachen in Stücke.

Die vier Räuber schwebten über dem Boden. Ihre Beine baumelten herab. Sie schrien Wurm an.

Drake konnte sehen, wie das grüne Licht in Wurms Augen zu flackern begann. „Wurm kann sie nicht länger aufhalten“, vermutete er.

„Wir müssen hier raus!“ „Steigt auf die Drachen!“, rief Heru.

Heru und Rori kletterten auf Wati. Ana kletterte auf Kepris Rücken. Drake und Bo stiegen auf Wurm.

„Wati! Spreng die Spitze der Pyramide!“, befahl Heru.

Wati richtete einen schwarzen Lichtstrahl auf den oberen Teil der Kammer. Ein helles Regenbogenband kam aus Kepris Maul und schloss sich Watis an. Die Spitze der Pyramide öffnete sich!

„Wir fliegen raus“, sagte Heru. „Los!“

Wati flog hoch und Kepri folgte ihm. Wurm blieb auf dem Boden. Das Licht in seinen Augen flackerte stärker. Die Füße der Räuber berührten jetzt fast wieder den Boden.

Drake erkannte, dass Wurm seine Kräfte nicht einsetzen konnte, um mehrere Dinge gleichzeitig zu tun. Er wusste, dass sein Drache nicht wie die anderen Drachen fliegen konnte. Aber er konnte sie im Handumdrehen irgendwo anders hinbringen – wenn er stark genug war.

„Wurm, bring uns hier raus!“, schrie Drake.

Wurm ließ von den Räubern ab. Sie fielen zu Boden. Schnell standen sie auf und stürmten wütend auf Drake, Bo und Wurm zu. Die Augen des Drachen leuchteten grün.

„Halt dich fest, Bo!“, schrie Drake.

Noch vor einer Sekunde waren sie in der Kammer, aber schon in der nächsten waren sie außerhalb der Pyramide!

Kapitel 12

Anas Entscheidung

Drake und Bo kletterten von Wurms Rücken herunter. Sie schauten in den Himmel. Die Sonne ging gerade auf und Kepri und Wati flogen umher.

„Wir können nicht lange hier bleiben“, sagte Bo. „Bald werden die Dorfbewohner aufwachen und wir können nicht riskieren, dass sie die Drachen sehen.“

Drake nickte. „Und Griffith macht sich wahrscheinlich auch schon Sorgen um uns.“

Kepri und Wati glitten herab und landeten neben ihnen. Ana, Heru und Rori kletterten von den Rücken der Drachen. Sie rannten zu Drake und Bo.

„Du hast es geschafft!“, rief Ana.

„Wir haben gehofft, dass Wurm sein cooles Erdrachen-Ding machen und euch rausholen wird“, rief Rori.

Drake lächelte Wurm an. „Er war großartig.“

Die Zwillingsdrachen flogen wieder hoch und umkreisten die goldene Spitze der Pyramide.

„Kepri und Wati sehen so glücklich zusammen aus“, sagte Bo.

Ana seufzte. „Ich bin so froh, dass sich Kepri wieder besser fühlt. Es war Wati. Er wusste, wie er sie heilen konnte, etwas was niemand anders konnte. Ich glaube, sie sollte hier bei ihm bleiben.“ Sie klang traurig.

„Aber sie ist dein Drache“, sagte Drake. „Sie sollte bei dir bleiben.“

Ana schüttelte den Kopf. „Ich habe keine starke Verbindung zu Kepri. Nicht so wie du und Wurm. Dein Stein leuchtet, wenn du und Wurm euch verbindet – wie heute Nacht, als er dich gerufen hat. Mein Drachenstein hat noch nie geglüht.“

„Aber Griffith meinte doch, dass es bei euch auch einmal so sein wird“, sagte Drake. Er sah Bo und Rori an. „Bei euch allen.“

Ana hatte Tränen in den Augen. „Das werde ich jetzt wahrscheinlich niemals herausfinden. Ich glaube, Kepri ist ohne mich besser dran."

Da legte Heru eine Hand auf ihre Schulter. „Du solltest auf Drake hören, Ana. Ich kannte Wati schon ein Jahr, als mein Stein das erste Mal glühte", sagte er. „Es braucht Geduld."

Drake wandte sich an Heru. „Du sagtest, du wärst kein Drachenmeister. Aber du hast einen Drachenstein und deinen eigenen Drachen. Wie könntest du kein Drachenmeister sein?"

Heru zuckte mit den Schultern. „Euer König hat euch Drachenmeister genannt. Ich diene keinem König. Ich weiß nur, dass meine Familie seit vielen Jahren den Drachen dient. Wenn Drachen zu uns kommen, helfen wir ihnen."

König Roland will Drachen nicht helfen, dachte Drake. *Er will nur, dass wir sie trainieren.*

„Wir müssen zurück in unser Königreich", sagte Bo. „Die Burg wird bald erwachen. Wenn König Roland bemerkt, dass die Drachen nicht da sind ..."

Drake schauderte es. „Das wäre ganz schlecht für uns – und für Griffith!"

Er wandte sich an Ana. „Wir müssen gehen. Willst du rausfinden, ob Kepri mit uns kommt?"

„Ich habe beschlossen, dass sie bei Wati bleiben soll", sagte Ana traurig. „Ich werde mich verabschieden. Lasst mich sie rufen."

Kapitel 13

Ein letztes Auf Wiedersehen

„Warte“!, rief Drake. Er sah etwas: den Drachenstein an Anas Hals. Er glühte! Drake zeigte darauf. Bo, Rori und Heru drehten sich um.

„Ana, dein Stein!“, riefen sie.

Ana starrte auf den leuchtenden Stein. Sie hatte einen seltsamen Ausdruck in ihren Augen.

„Ana, was ist los?“, fragte Rori.

„Ich denke, ich kann Kepris Stimme hören… in meinem Kopf!“, sagte Ana.

Alle waren still, während Ana zuhörte. Sie hatte ein Lächeln auf ihrem Gesicht. Sie sah zu Kepri hoch, die am Himmel kreiste.

„Kepri will eines Tages wieder zu ihrem Bruder zurückkommen“, sagte Ana. „So wie ich zu meiner Familie zurückkehren möchte. Aber bis dahin will sie bei mir im Königreich Bracken bleiben.“

„Ich freue mich so für dich“, sagte Drake.

„Ja. Wir alle würden Kepri genauso vermissen wie du“, fügte Rori hinzu.

Die Sonne stand jetzt höher am Himmel.

„Ana, wir müssen los“, sagte Bo sanft. „Alle, einschließlich unseres Königs, werden bald aufwachen.“

Ana nickte. „Komm, Kepri", rief sie.

Kepri und Wati umkreisten die Pyramide ein letztes Mal. Dann sausten beide Drachen hinab. Sie landeten neben Wurm und den Drachenmeistern.

Drake lächelte Heru an. „Danke, dass du uns geholfen hast", sagte er.

Heru strahlte. „Kein Problem. Vielleicht sehen wir uns ja wieder."

„Das wäre toll", sagte Drake. Er wandte sich an seine Freunde. „Okay, alle zusammen. Genau wie beim letzten Mal. Legt eine Hand auf Wurm."

Ana drückte Wati. Sie hatte Tränen in den Augen, als sie ihn losließ. Dann legte sie eine Hand auf Kepri und die andere auf Wurm.

„Okay, Wurm", sagte Drake. „Nach Hause, bitte."

Wurms Körper begann ein weiteres Mal grün zu leuchten...

Kapitel 14
Zuhause

Ein paar Sekunden später waren die Drachenmeister wieder im Trainingsraum auf König Rolands Schloss.

„Du lieber Himmel!“, rief eine Stimme.

Als Wurms Licht verblasste, sah Drake Griffith vor ihnen stehen – mit einem anderen Zauberer! Wie Griffith hatte er einen weißen Bart. Aber er war einen Kopf kleiner als Griffith und doppelt so rund.

Griffith sah Kepri an. „Meine Güte! Sie ist geheilt!“, sagte er. „Als ich gesehen habe, dass Wurm grün leuchtet und ihr alle verschwunden seid, habe ich darauf vertraut, dass Wurm schon wissen wird, wo er Heilung finden kann.“

„Ja! Durch Wurm haben wir Kepris Zwilling, einen Monddrachen namens Wati, gefunden“, erzählte Drake. „Wati hat sie geheilt.“

„So wie es in Drachenkunde geschrieben stand!“, fügte Rori hinzu.

Griffith klatschte in seine Hände. Wunderbar!", rief er. „Wurm, du bist voller Überraschungen."

„Er ist sehr ungewöhnlich", sagte der kleinere Zauberer und näherte sich Wurm.

„Drachenmeister, das ist Diego", sagte Griffith und deutete auf den Zauberer.

„Freut mich, euch kennenzulernen", sagte Diego.

„Ich habe Diego um Hilfe gebeten", sagte Griffith. „Wir haben versucht herauszufinden, welcher dunkle Zauberer diese rote Kugel geschickt haben könnte."

„Ich kenne nur einen Zauberer mit einem Herzen, das böse genug für diese Art von dunkler Magie ist", sagte Diego. „Sein Name ist Maldred."

Drake zitterte. „Warum würde Maldred diese Kugel zu uns schicken?“

„Das müssen wir noch herausfinden“, sagte Griffith.

Diego legte Griffith seinen Arm auf die Schulter. „Zusammen.“

Alle wurden ganz still, als sie darüber nachdachten. Plötzlich durchbrach die laute Stimme eines Burgwächters die Stille.

„Alle erheben sich für König Roland!“

Diego schnippte mit den Fingern und verschwand in einer Rauchwolke. Dann stampfte der König gefolgt von zwei Wachen herein.

„Hast du meinen Drachen geheilt, Zauberer?“, fragte König Roland.

Drake dachte nach. Wenn der König herausfand, dass Wurm sie weit weggebracht hatte, würde er sehr wütend werden. Oder er könnte versuchen, Wurms besondere Kraft auszunutzen. *Was, wenn er mir Wurm wegnimmt?*

„Griffith hat einen Trank gefunden, der ihn geheilt hat“, log Drake. Er zeigte auf Kepri. „Großartig, oder?“

„Dich habe ich nicht gefragt, Junge“, sagte König Roland verärgert.

Der Zorn des Königs wich aus seinem Gesicht, als er Kepri sah. „Hmm. Es ist also wahr. Gute Arbeit, Zauberer. Es sieht so aus, als müsste ich dich nicht durch jemand anderen ersetzen... Noch nicht.“

Dann drehten sich der König und seine Wachen um und gingen fort.

Griffith lächelte Drake an. „Danke“, sagte er.

„Wirst du dem König von diesem dunklen Zauberer namens Maldred erzählen?“, fragte Bo.

„Es gibt nicht viel, was seine Armee gegen die dunkle Magie von Maldred tun kann“, sagte Griffith. „Es liegt an uns, dieses Königreich zu beschützen.“

Rori schnaubte. „Vulkan hat keine Angst vor einem alten Zauberer.“

„Und Vulkan muss diesen Zauberer nicht allein bekämpfen“, sagte Ana und sah Kepri an. „Wir alle werden helfen.“

Drake sah Wurm an. Er war stolz darauf, dass sein Drache Kepri geholfen hatte. „Ja“, sagte er und wandte sich an seine Freunde. „Was auch immer passiert, wir halten zusammen!“

TRACEY WEST denkt viel darüber nach, mit welchem Drachen sie sich am besten anfreunden könnte. Wie Drake mag sie es, im Garten zu graben (aber wegen der Würmer trägt sie immer Handschuhe!), daher könnte ein Erddrache die Antwort sein. Tracey hat Dutzende Bücher für Kinder geschrieben. Sie schreibt sie in dem Haus, das sie mit ihrem Mann und drei Stiefkindern teilt. Sie hat auch viele tierische Freunde, die ihr Gesellschaft leisten. Sie hat zwei Hunde, sieben Hühner und eine Katze, die auf ihrem Schreibtisch sitzt, wenn sie schreibt! Aber zum Glück wiegt die Katze ja nicht so viel wie ein Drache.

GRAHAM HOWELLS ist ein Kinderbuchautor und Illustrator. Er fertigt auch Grafiken für Spiele, Fernsehen und Film an. Howells gewann 2009 den English Tir na n-Og Award für sein Buch *Merlins magische Kreaturen.*

DRACHENMEISTER

DIE RETTUNG DES SONNENDRACHEN

Fragen und Aufgaben

Nenne einige Ähnlichkeiten zwischen den Drachenmeistern und ihren Drachen. Worin ähneln sich zum Beispiel Bo und Shu?

Warum wurde Kepri krank?

Wer sind Heru und Wati? Warum sind sie wichtig?

Warum lügt Drake König Roland am Ende an?

Denkst du, dass Kepri zu Ana gehört oder zu Wati? Warum denkst du das?